成长读书课 Reading

名家公开课美绘版

希望·一代人

现当代新诗选

徐志摩

海　子

余光中 等/著

中国致公出版社

图书在版编目（CIP）数据

希望·一代人：现当代新诗选：名家公开课美绘版/
徐志摩等著. -- 北京：中国致公出版社，2020
（成长读书课）
ISBN 978-7-5145-1650-0

Ⅰ. ①希… Ⅱ. ①徐… Ⅲ. ①诗集－中国－现代
Ⅳ. ①I226

中国版本图书馆CIP数据核字(2020)第044335号

希望·一代人：现当代新诗选：名家公开课美绘版 / 徐志摩等 著

出　　版	中国致公出版社	
	（北京市朝阳区八里庄西里100号住邦2000大厦1号楼西区21层）	
出　　品	湖北知音动漫有限公司	
	（武汉市东湖路179号）	
发　　行	中国致公出版社（010-66121708）	
作品企划	知音动漫图书·文艺坊	
责任编辑	丁琪德　许子楷	
装帧设计	王钰	
印　　刷	武汉精一佳印刷有限公司	
版　　次	2020年11月第1版	
印　　次	2020年11月第1次印刷	
开　　本	875mm×700mm　1/16	
印　　张	12	
字　　数	2800行	
书　　号	ISBN 978-7-5145-1650-0	
定　　价	29.80元	

成长读书课
专家编委会

名师讲读团

张小华 陈盛 陈维贤 曹玉明 韩玉荣
黄羽西 李智 李玲玉 李旭东 刘宏业
罗爱娥 饶永香 王耿 王静 王林
王娟 汪荣辉 万咏英 游昕 姚佩琅
曾李 张天杨

复旦附中、华师一附中、湖南师大附中、北师大附小、华中师大附小、武汉小学……
多所中小学名校，一线特级教师、教研员倾情导读，音频精讲。
百万师生课堂内外共读之书。

这是一本配有线上互动课程的课外书

"整本书阅读" 课程设计

> 请配合本书二维码一起使用

难　度　★ ★ ★ ☆ ☆ （九年级上）

阅读计划　30 分钟 / 天，共 14 天

阅读指导　建议用一周的时间，以一辑为大单位，以诗人为小单位展开阅读。大致把握新月派、朦胧派诗人的写作风格与气质。挑几个感兴趣的诗人重点品读，了解他们的代表作，体会作品的语言与感情。

名师精讲　《诗与宇宙》

写作&思考　诗歌的语言是优美的，但它也是含蓄的隽永的，很多时候不容易读懂诗人想要表达的情感。我们应该如何去欣赏一首现代诗歌？是否既可以从诗歌的整体观感切入诗句细节，也可以由诗句细节把握诗歌的整体面貌？

立刻获得的主要权益
◎ 1 套本书配套资料包
出版社独家提供
◎ 1 套同步学习线上网课
紧贴教学大纲
◎ 1 套学习工具
辅助培养好习惯

每周获得的主要权益
线上学习提醒服务
按时完成本书学习

本书读者还可以获得以下读者权益：

长期获得的主要权益
线上精品课：名师精讲练字辅导方法
抢兑一对一辅导课：抢先预约免费一对一辅导课

微信扫码，马上获取
在线中小学生文学名作读写课程
跟北大硕博士老师一起"读文学名作，学写作"

朋友，请你欢欣地赏

哞生

　　亲爱的朋友，当你翻开这本书时，风便已掀动诗的一角隐秘面纱。它将向你长出柔软的肢体，流露无限的温情。你不必要求自己篇篇拾得真味，但需要在安静的、绝对专注的时刻，调动你细腻的五官和敞开的精神，去亲吻它，走进它。你不必要求自己句句弄清意思，为自己的困惑而羞赧退却。你只需摸到它的美，或者，只是远远地瞧见它，便已经践行了绝大部分使命。享受它，创造它，有新的东西在你们当中生成，如果你想。这便是我们最期待的事情。

　　如何欣赏一首现代诗歌？我们按照读诗的步骤展开说明。

　　先读一遍诗，看看感觉如何。

　　期间，若有极度吸引人的句子攫住你的目光，或者是某处让你在阅读过程中情绪有变动，你就可再先以它为中心，上下漾开延伸阅读。比如读艾青的这首《我爱这土地》，笔者阅读时的情绪转折点在第六行，"和那来自林间的无比温柔的黎明……"，此句之前的部分情感悲愤激烈，可一到这里，诗人的语气突然缓和下来，还留有省略号，供读者回味与喘息，继而再进行第二轮的情感酝酿。悲愤与温柔，是非常鲜明的对比，视线多在此处停留一会儿，再回顾整首诗，你便可感受到诗人情绪的总体变化。

若没有，你就可以从它整体给你的感觉出发，体会诗歌大致的氛围，以及诗人在其间的思想感情是如何涌动的。同样是这首诗，我们可以很强烈地感受到，他情感的深沉炽热，那这种感情从何处体现出来呢？我们就需要去找细节，探讨是否是一些语言，手法，句式，标点，节奏，或是什么特别的意象，带给自己这种奇妙的感觉。比如"嘶哑的喉咙"，什么情况下喉咙才会嘶哑呢？诗人为什么要额外强调"无止息"呢？诗歌的特点之一是凝练，爱惜羽毛的诗人不会无故多添字句，我们可以尝试"去字"或"换字"的方式，来比较，体味诗人的情感和用意。这样细细思考，就会更深入地走进诗歌的巷道。

总之，无论是由点到面，还是由面到点，或是点面结合。只要有一处兴趣点，作为小切口进入诗歌，你就已经成功了大半。

读诗也有两不要。

首先，读诗切忌"观念先行"。欣赏诗歌时，最好先不要看它的时代背景，作者身份等"场外因素"，或者先去看别人是怎么评价这首诗的，再去细读。这完全是本末倒置。他人的评价，多少会影响我们自身对这首诗的看法。我们当先扎入文本内部。对于诗歌来说，理解是最后的事情。所谓的思想、观念、逻辑都蕴含于感觉中，而感受、直觉是非常重要的，因为正是带着一种冲动，敏锐，诗人才写出作品，故我们欣赏诗歌时，不要以弄"懂"为终极目标，而应当坦诚地面对我们的感受，真正地，虚心地，纯粹地进入一首诗中。

其次，读诗不是做阅读理解，切忌套方法，套模式。学习诗歌没有捷径，亦不可取巧，读诗更不必成为一件负担。只有大量的比较阅读，才会生成你对一首诗的感觉，以及对其基本的评判标准。什么是好诗，什么是不好的诗，不该是由评论家主导并决定的，而是由你个人的审美品位，阅读积累以及生命体验决定，诗歌没有标准答案。你也只有在广泛而深刻的阅读之中，才能找到自己喜欢的诗歌风格。

本册书共有五辑，分别是家国之诗，新诗萌芽，新月诗流，朦胧诗派和生命之歌。第一辑主要是选录了有关家国情怀的诗歌，创作时间于建国之前，代表诗人为郭沫若、戴望舒、闻一多、艾青。在诗中，你可以领略到诗人对祖国，对家园或炽热或温柔的情意。

第二辑择取的是中国新诗的萌芽之作，代表诗人有胡适、刘半农、冰心等。所谓新诗，是指"五四"新文化运动发生以来的新体诗歌，它采用与现代口语相接近的白话语言，摆脱了古典诗词的严整形式和格律，从而成为完全独立于传统诗词的崭新的自由的诗歌形式。这是文人们在"白话诗"倡导下做出的新尝试。与古典诗词相比，新诗在中国只有短短一百年的历史，故而作品还有些青涩。

第三辑收集了新月派代表诗人的作品，如闻一多，徐志摩，林徽因等。新月派倡导"理节制感情"的美学原则与诗的形式格律化。反对不加节制的直抒胸臆的抒情方式，反对无病呻吟、言之无物，创造客观抒情诗，加强诗歌中的叙事成分。以闻一多为代表的诗人提倡创造中国式的新诗，以"和谐"与"均齐"为新诗最重要的审美特征。不满"五四"以后"自由诗人"忽视诗艺的作风，闻一多在《诗的格律》中提出了著名的"三美"主张，即"音乐美（音节）、绘画美（辞藻）、建筑美（节的匀称和句的均齐）"。

第四辑是朦胧派诗人们的阵营，代表诗人有顾城、海子、舒婷和北岛。"朦胧诗"兴于70年代末80年代初，他们是象征、意象、通感、暗示、隐喻、变形等艺术手法的忠实使用者，使诗歌拥有了更隐秘与多元的主题。"朦胧派"诗人注重表现自我，注意个人内心感受的抒发。他们被称为"崛起的诗群"，打开了当代诗歌的多种可能。

第五辑则选取了带有积极向上的生命之美的诗歌，代表诗人有穆旦，汪国真，余光中等。阅读的过程中，我们可以感受到诗里强而有韧的生命力量，其深沉而隽永的情感，从而更会加深我们对生命本身的思考。

如果我们已经对一件事习以为常，诗便会以熟悉而又陌生的模样出现，重新唤起我们内心细微的感受。继而，我们在诗中找到生活的许多可能，也会找到失去已久的，闪电般的激情。倘若你的灵感芽尖尖一样地从地上生长出来，倘若你胸中也涌动着某种莫名的情绪，那就去写吧，去写你自己的诗。

《死亡诗社》里有一句话特别有名，在此我分享给你，"因为伟大的戏剧正在继续，因为你可以奉献一首诗。"去奉献一首属于我们自己的"诗"，这是我们每个人来到这世上的意义：去探索属于我们的意义。向诗当中寻觅，在诗当中体验，从诗当中思考。有些东西，我想，你会从诗歌中找到答案。

现在，我的朋友，建议你们用两周左右的时间，以一辑为大单位，以诗人为小单位，展开阅读。大致把握新月派、朦胧派诗人的写作风格与气质，挑几个感兴趣的诗人重点品读，了解他们的代表作，体会作品的语言与感情。同时还可以运用你奇幻的想象力，细腻、敏锐而丰富的感受力，还有充满魔力的记录之笔，走进诗歌的广袤世界吧！一切都在未知处相见。

目录

辑二

新诗萌芽：我从山中来 带着兰花草

辑三

新月诗流：你是人间的四月天

辑四

朦胧诗派：
黑夜给了我黑色的眼睛，我却用它寻找光明

辑五

生命之歌：有的人死了，他还活着

辑一

家国之诗：
黎明的通知

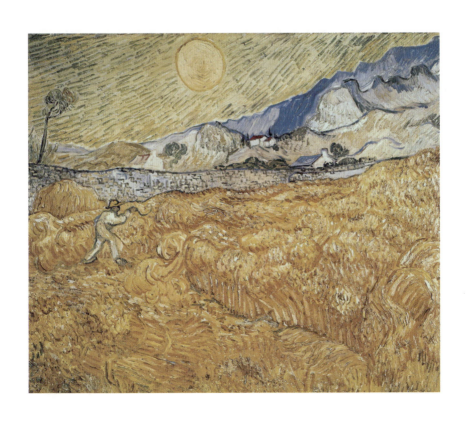

知识拓展：

　　爱国诗是现代爱国三诗人——郭沫若、闻一多、艾青新诗创作的主体。在爱国诗中，三诗人的社会理想（真）、道德理想（善）和艺术理想（美）的统一表现得最为和谐。通过诗歌，三诗人"把真、善、美，如此和洽地融合在一起，如此自然地协调在一起，它们三者不相抵触而又互相使自己提高而提高了另外的两种——以至于完全"。

——张建宏《郭沫若 闻一多 艾青爱国新诗 诗美创造比较论》，《郭沫若学刊》2003 年第 1 期

代表人物：

郭沫若 原名郭开贞，字鼎堂，号尚武，出生于四川乐山，毕业于日本九州帝国大学，中国现代文学家、历史学家、新诗奠基人之一、中国科学院首任院长、中国科学技术大学首任校长。在中国现代文学史上和中国历史学、考古学等领域享有崇高的地位。

艾青 原名蒋正涵，号海澄，出生于浙江金华，毕业于国立杭州西湖艺术院，中国现代文学家，中国现代诗的代表诗人之一，曾任中国作家协会副主席。他的代表作有《大堰河——我的保姆》《火把》等，获法国文学艺术最高勋章。

闻一多 原名闻家骅，字友三，生于湖北省黄冈市浠水县，毕业于清华大学，中国近代爱国主义者，民主战士，中国民主同盟早期领导人。其自幼爱好古典诗词和美术，将二者结合，提出的诗歌"三美"理论成为新格律诗派（即新月派）的创作基础。

天上的街市

郭沫若

远远的街灯明了，

好像闪着无数的明星。

天上的明星现了，

好像点着无数的街灯。

我想那缥缈的空中，

定然有美丽的街市。

街市上陈列的一些物品，

定然是世上没有的珍奇。

你看，那浅浅的天河，

定然是不甚宽广。

那隔着河的牛郎织女，

定能够骑着牛儿来往。

我想他们此刻，

定然在天街闲游。

不信，请看那朵流星，

那怕是他们提着灯笼在走。

静 夜

郭沫若

月光淡淡，

笼罩着村外的松林。

白云团团，

漏出了几点疏星。

天河何处？

远远的海雾模糊。

怕会有鲛人在岸，

对月流珠？

立在地球边上放号

郭沫若

无数的白云正在空中怒涌，

啊啊！好幅壮丽的北冰洋的情景哟！

无限的太平洋提起他全身的力量来要把地球推倒。

啊啊！我眼前来了的滚滚的洪涛哟！

啊啊！不断的毁坏，不断的创造，不断的努力哟！

啊啊！力哟！力哟！

力的绘画，力的舞蹈，力的音乐，力的诗歌，力的律吕哟！

七子之歌

闻一多

邶有七子之母不安其室。七子自怨自艾，冀以回其母心。诗人作《凯风》以愍之。吾国自《尼布楚条约》迄旅大之租让，先后丧失之土地，失养于祖国，受虐于异类，臆其悲哀之情，盖有甚于《凯风》之七子，因择其中与中华关系最亲切者七地，为作歌各一章，以抒其孤苦亡告，眷怀祖国之哀忱，亦以励国人之奋斗云尔。国疆崩丧，积日既久，国人视之漠然。不见夫法兰西之ALSACE—LORRAINE耶？"精诚所至，金石能开。"诚如斯，中华"七子"之归来其在旦夕乎！

七子之歌·澳门

你可知妈港不是我的真名姓？

我离开你的襁褓太久了，母亲！

但是他们掳去的是我的肉体，

你依然保管我内心的灵魂。

那三百年来梦寐不忘的生母啊！

请叫儿的乳名，

叫我一声"澳门"！

母亲！我要回来，母亲！

七子之歌·香港

我好比凤阙阶前守夜的黄豹，

母亲呀，我身份虽微，地位险要。

如今狞恶的海狮扑在我身上，

啖着我的骨肉，咽着我的脂膏；

母亲呀，我哭泣号啕，呼你不应。

母亲呀，快让我躲入你的怀抱！

母亲！我要回来，母亲！

七子之歌·台湾

我们是东海捧出的珍珠一串，
琉球是我的群弟，我就是台湾。
我胸中还氤氲着郑氏的英魂，
精忠的赤血点染了我的家传。
母亲，酷炎的夏日要晒死我了，
赐我个号令，我还能背城一战。
母亲！我要回来，母亲！

七子之歌·威海卫

再让我看守着中华最古老的海，
这边岸上原有圣人的丘陵在。
母亲，莫忘了我是防海的健将，
我有一座刘公岛作我的盾牌。

快救我回来呀，时期已经到了。

我背后葬的尽是圣人的遗骸！

母亲！我要回来，母亲！

七子之歌·广州湾

东海和硇州是我的一双管钥，

我是神州后门上的一把铁锁。

你为什么把我借给一个盗贼？

母亲呀，你千万不该抛弃了我！

母亲，让我快回到你的膝前来，

我要紧紧地拥抱着你的脚踝。

母亲！我要回来，母亲！

七子之歌·九龙岛

我的胞兄香港在诉他的苦痛，

母亲呀，可记得你的幼女九龙？

自从我下嫁给那镇海的魔王，

我何曾有一天不在泪涛汹涌！

母亲，我天天数着归宁的吉日，

我只怕希望要变作一场空梦。

母亲！我要回来，母亲！

七子之歌 · 旅顺 · 大连

我们是旅顺，大连，孪生的兄弟。

我们的命运应该如何地比拟？——

两个强邻将我来回地蹂躏，

我们是暴徒脚下的两团烂泥。

母亲，归期到了，快领我们回来。

你不知道儿们如何的想念你！

母亲！我们要回来，母亲！

太阳吟

闻一多

太阳啊，刺得我心痛的太阳！

又逼走了游子底一出还乡梦，

又加他十二个时辰底九曲回肠！

太阳啊，火一样烧着的太阳！

烘干了小草尖头底露水，

可烘得干游子底冷泪盈眶？

太阳啊，六龙骖驾的太阳！

省得我受这一天天底缓刑，

就把五年当一天跑完那又何妨？

太阳啊——神速的金乌——太阳！

让我骑着你每日绕行地球一周，

也便能天天望见一次家乡！

太阳啊，楼角新升的太阳！

不是刚从我们东方来的吗？

我的家乡此刻可都依然无恙？

太阳啊，我家乡来的太阳！

北京城里底官柳裹上一身秋了吧？

唉！我也憔悴的同深秋一样！

太阳啊，奔波不息的太阳！

你也好像无家可归似的呢。

啊！你我的身世一样地不堪设想！

太阳啊，自强不息的太阳！

大宇宙许就是你的家乡罢。

可能指示我我底家乡底方向？

太阳啊，这不像我的山川，太阳！

这里的风云另带一般颜色，

这里鸟儿唱的调子格外凄凉。

太阳啊，生命之火底太阳！

但是谁不知你是球东半底情热，

同时又是球西半底智光？

太阳啊，也是我家乡底太阳！

此刻我回不了我往日的家乡，

便认你为家乡也还得失相偿。

太阳啊，慈光普照的太阳！

往后我看见你时，就当回家一次；

我的家乡不在地下乃在天上！

祈 祷

闻一多

请告诉我谁是中国人，

启示我，如何把记忆抱紧；

请告诉我这民族的伟大，

轻轻的告诉我，不要喧哗！

请告诉我谁是中国人，

谁的心里有尧舜的心，

谁的血是荆轲聂政的血，

谁是神农黄帝的遗孽。

告诉我那智慧来得离奇，

说是河马献来的馈礼；

还告诉我这歌声的节奏，

原是九苞凤凰的传授。

请告诉我戈壁的沉默，

和五岳的庄严？又告诉我
泰山的石溜还滴着忍耐，
大江黄河又流着和谐？

再告诉我，那一滴清泪
是孔子吊唁死麟的伤悲？
那狂笑也得告诉我才好，——
庄周，淳于髡，东方朔的笑。

请告诉我谁是中国人，
启示我，如何把记忆抱紧；
请告诉我这民族的伟大，
轻轻的告诉我，不要喧哗！

一句话

闻一多

有一句话说出就是祸，

有一句话能点得着火，

别看五千年没有说破，

你猜得透火山的缄默？

说不定是突然着了魔，

突然青天里一个霹雳

  爆一声：

  "咱们的中国！"

这话叫我今天怎样说？

你不信铁树开花也可，

那么有一句话你听着：

等火山忍不住了缄默；

不要发抖，伸舌头，顿脚，

等到青天里一个霹雳

　　爆一声：

　　"咱们的中国！"

狱中题壁

戴望舒

如果我死在这里，

朋友啊，不要悲伤，

我会永远地生存

在你们的心上。

你们之中的一个死了，

在日本占领地的牢里，

他怀着的深深仇恨，

你们应该永远地记忆。

当你们回来，从泥土

掘起他伤损的肢体，

用你们胜利的欢呼

把他的灵魂高高扬起，

然后把他的白骨放在山峰，

曝着太阳，沐着飘风：

在那暗黑潮湿的土牢，

这曾是他唯一的美梦。

我用残损的手掌

戴望舒

我用残损的手掌

摸索这广大的土地：

这一角已变成灰烬，

那一角只是血和泥；

这一片湖该是我的家乡，

（春天，堤上繁花如锦幛，

嫩柳枝折断有奇异的芬芳）

我触到荇藻和水的微凉；

这长白山的雪峰冷到彻骨，

这黄河的水夹泥沙在指间滑出；

江南的水田，你当年新生的禾草

是那么细，那么软……现在只有蓬蒿；

岭南的荔枝花寂寞地憔悴，

尽那边，我蘸着南海没有渔船的苦水……

无形的手掌掠过无限的江山，

手指沾了血和灰，手掌黏了阴暗，

只有那辽远的一角依然完整，

温暖，明朗，坚固而蓬勃生春。

在那上面，我用残损的手掌轻抚，

像恋人的柔发，婴孩手中乳。

我把全部的力量运在手掌

贴在上面，寄与爱和一切希望，

因为只有那里是太阳，是春，

将驱逐阴暗，带来苏生，

因为只有那里我们不像牲口一样活，

蚂蚁一样死……那里，永恒的中国！

大堰河——我的保姆

艾青

大堰河，是我的保姆。

她的名字就是生她的村庄的名字，

她是童养媳，

大堰河，是我的保姆。

我是地主的儿子；

也是吃了大堰河的奶而长大了的

大堰河的儿子。

大堰河以养育了我而养育她的家，

而我，是吃了你的奶而被养育了的，

大堰河啊，我的保姆。

大堰河，今天我看到雪使我想起了你：

你的被雪压着的草盖的坟墓，

你的关闭了的故居檐头的枯死的瓦菲，

你的被典押了的一丈平方的园地，

你的门前的长了青苔的石椅，

大堰河，今天我看到雪使我想起了你。

你用你厚大的手掌把我抱在怀里，抚摸我；

在你搭好了灶火之后，

在你拍去了围裙上的炭灰之后，

在你尝到饭已煮熟了之后，

在你把乌黑的酱碗放到乌黑的桌子上之后，

在你补好了儿子们的为山腰的荆棘扯破的衣服之后，

在你把小儿被柴刀砍伤了的手包好之后，

在你把夫儿们的衬衣上的虱子一颗颗的掐死之后，

在你用你厚大的手掌把我抱在怀里，抚摸我。

我是地主的儿子，

在我吃光了你大堰河的奶之后，

我被生我的父母领回到自己的家里。

啊，大堰河，你为什么要哭？

我做了生我的父母家里的新客了！

我摸着红漆雕花的家具，

我摸着父母睡衣上金色的花纹，

我呆呆地看着檐头的我不认得的"天伦叙乐"的匾，

我摸着新换上的衣服的丝的和贝壳的钮扣，

我看着母亲怀里的不熟识的妹妹，

我坐着油漆过的安了火钵的炕凳，

我吃着碾了三番的白米的饭，

但，我是这般忸怩不安！因为我

我做了生我的父母家里的新客了。

大堰河，为了生活，

在她流尽了她的乳液之后，

她就开始用抱过我的双臂劳动了，

她含着笑，洗着我们的衣服，

她含着笑，提着菜篮到村边结冰的池塘去，

她含着笑，切着冰屑悉索的萝卜，

她含着笑，用手掏着猪吃的麦槽，

她含着笑，扇着炖肉的炉子的火，

她含着笑，背了团箕到广场上去

  晒好那些大豆和小麦，

大堰河，为了生活，

在她流尽了她的乳液之后，

她就用抱过我的两臂，劳动了。

大堰河，深爱着她的乳儿；

在年节里，为了他，忙着切那冬米的糖，

为了他，常悄悄地走到村边的她的家里去，

为了他，走到她的身边叫一声"妈"，

大堰河，把他画的大红大绿的关云长

　贴在灶边的墙上，

大堰河，会对她的邻居夸口赞美她的乳儿；

大堰河曾做了一个不能对人说的梦：

在梦里，她吃着她的乳儿的婚酒，

坐在辉煌的结彩的堂上，

而她的娇美的媳妇亲切的叫她"婆婆"

……

大堰河，深爱她的乳儿！

大堰河，在她的梦没有做醒的时候已死了。

她死时，乳儿不在她的旁侧，

她死时，平时打骂她的丈夫也为她流泪，

五个儿子，个个哭得很悲，

她死时，轻轻地呼着她的乳儿的名字，

大堰河，已死了，

她死时，乳儿不在她的旁侧。

大堰河，含泪的去了！

同着四十几年的人世生活的凌侮，

同着数不尽的奴隶的凄苦，

同着四块钱的棺材和几束稻草，

同着几尺长方的埋棺材的土地，

同着一手把的纸钱的灰，

大堰河，她含泪的去了。

这是大堰河所不知道的：

她的醉酒的丈夫已死去，

大儿做了土匪，

第二个死在炮火的烟里，

第三，第四，第五

在师傅和地主的叱骂声里过着日子。

而我，我是在写着给予这不公道的世界的咒语。

当我经了长长的飘泊回到故土时，

在山腰里，田野上，

兄弟们碰见时，是比六七年前更要亲密！

这，这是为你，静静的睡着的大堰河

所不知道的啊！

大堰河，今天，你的乳儿是在狱里，

写着一首呈给你的赞美诗，

呈给你黄土下紫色的灵魂，

呈给你拥抱过我的直伸着的手

呈给你吻过的我的唇，

呈给你泥黑的温柔的脸颜，

呈给你养育了我的乳房，

呈给你的儿子们，我的兄弟们，

呈给大地上一切的，

我的大堰河般的保姆和她们的儿子，

呈给爱我如爱她自己的儿子般的大堰河。

大堰河，

我是吃了你的奶而长大的

你的儿子，

我敬你

爱你！

我爱这土地

艾青

假如我是一只鸟，

我也应该用嘶哑的喉咙歌唱：

这被暴风雨所打击着的土地，

这永远汹涌着我们的悲愤的河流，

这无止息地吹刮着的激怒的风，

和那来自林间的无比温柔的黎明……

——然后我死了，

连羽毛也腐烂在土地里面。

为什么我的眼里常含泪水？

因为我对这土地爱得深沉……

黎明的通知

艾青

为了我的祈愿

诗人啊，你起来吧

而且请你告诉他们

说他们所等待的已经要来

说我已踏着露水而来

已借着最后一颗星的照引而来

我从东方来

从汹涌着波涛的海上来

我将带光明给世界

又将带温暖给人类

借你正直人的嘴

请带去我的消息

通知眼睛被渴望所灼痛的人类

和远方的沉浸在苦难里的城市和村庄

请他们来欢迎我——

白日的先驱，光明的使者

打开所有的窗子来欢迎

打开所有的门来欢迎

请鸣响汽笛来欢迎

请吹起号角来欢迎

请清道夫来打扫街衢

请搬运车来搬去垃圾

让劳动者以宽阔的步伐走在街上吧

让车辆以辉煌的行列从广场流过吧

请村庄也从潮湿的雾里醒来

为了欢迎我打开它们的篱笆

请村妇打开她们的鸡埘

请农夫从畜棚牵出耕牛

借你的热情的嘴通知他们

说我从山的那边来，从森林的那边来

请他们打扫干净那些晒场

和那些永远污秽的天井

请打开那糊有花纸的窗子

请打开那贴着春联的门

请叫醒殷勤的女人

和那打着鼾声的男子

请年轻的情人也起来

和那些贪睡的少女

请叫醒困倦的母亲

和他身边的婴孩

请叫醒每个人

连那些病者和产妇

连那些衰老的人们

呻吟在床上的人们

连那些因正义而战争的负伤者

和那些因家乡沦亡而流离的难民

请叫醒一切的不幸者

我会一并给他们以慰安

请叫醒一切爱生活的人

工人，技师及画家

请歌唱者唱着歌来欢迎

用草与露水所渗合的声音

请舞蹈者跳着舞来欢迎

披上她们白雾的晨衣

请叫那些健康而美丽的醒来

说我马上要来叩打他们的窗门

请你忠实于时间的诗人

带给人类以慰安的消息

请他们准备欢迎，请所有的人准备欢迎

当雄鸡最后一次鸣叫的时候我就到来

请他们用虔诚的眼睛凝视天边

我将给所有期待我的以最慈惠的光辉

趁这夜已快完了，请告诉他们

说他们所等待的就要来了

43

辑二

新诗萌芽：
我从山中来 带着兰花草

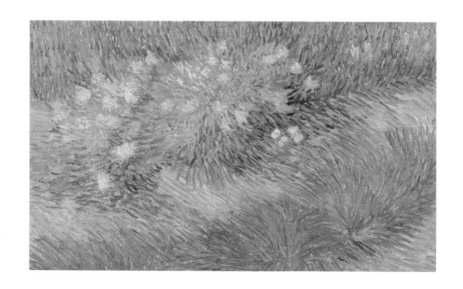

在某种意义上，"五四"新诗运动正是从宋诗对唐诗的变革里，取得自身的变革与创造的历史依据与启示的。当然，新诗所要进行的变革显然更进了一步：不再像宋诗那样局限于传统诗词内部结构的变动，所提出的"作诗如作文"包括了两个方面的要求：一是打破诗的格律，换以"自然的音节"（"顺着诗意的自然曲折，自然轻重，自然高下"）；二是以白话写诗，不仅以白话词语代替文言，而且以白话（口语）的语法结构代替文言语法，并吸收国外的新语法，也即实行语言形式与思维方式两个方面的散文化。

——钱理群《中国现代文学三十年》，北京大学出版社

代表人物：

胡适 安徽宣城市绩溪县人（生于上海浦东川沙），曾用名嗣穈，字希疆，学名洪骍，后改名适，字适之，中国著名思想家、文学家、哲学家。以倡导"白话文"、领导新文化运动闻名于世，在文学、哲学、史学、考据学、教育学、伦理学、红学等诸多领域都有深入的研究。

刘半农 名复，字半农，江苏江阴人，是"五四"时代文学革命运动中的一员勇将，是近现代史上我国著名的文学家、诗人、语言学家和教育家。创作了《扬鞭集》《瓦釜集》《半农杂文》，编有《初期白话诗稿》，学术著作有《中国文法通论》《汉字四声实验录》等，另有译著《法国短篇小说集》《茶花女》等。

周作人 字星杓，号知堂、独应，浙江绍兴人，鲁迅(周树人)之弟，周建人之兄，中国现代著名散文家、思想家，中国民俗学开拓人，新文化运动的杰出代表。其从日本留学归国后，历任国立北京大学教授、燕京大学新文学系主任等职务，并广泛参与社会活动（供稿《新青年》；任职"新潮社"主任编辑；与郑振铎等人发起成立"文学研究会"；与鲁迅、林语堂等创办《语丝》周刊），在新文化运动和五四运动中发挥了重要的作用。

希 望

胡 适

我从山中来，

带着兰花草，

种在小园中，

希望开花好。

一日望三回，

望到花时过；

急坏看花人，

苞也无一个。

眼见秋天到，

移花供在家；

明年春风回，

祝汝满盆花！

三溪路上大雪里一个红叶

胡适

雪色满空山，抬头忽见你！

我不知何故，心里很欢喜；

踏雪摘下来，夹在小书里；

还想做首诗，写我欢喜的道理。

不料此理很难写，抽出笔来还搁起。

秘魔崖月夜

胡适

依旧是月圆时，

依旧是空山，静夜；

我独自月下归来，——

这凄凉如何能解！

翠微山上的一阵松涛

惊破了空山的寂静。

山风吹乱的窗纸上的松痕，

吹不散我心头的人影。

也 是 微 云

胡 适

也是微云，

也是微云过后月光明。

只不见去年得游伴，

也没有当日的心情。

不愿勾起相思，

不敢出门看月。

偏偏月进窗来，

害我相思一夜。

53

十月九夜在西山

胡适

许久没有看见星儿这么大，
也没有觉得他们离我这么近。
秋风吹过山坡上七八棵白杨，
在满天星光里做出雨声一阵。

梦 与 诗

胡 适

都是平常经验，

都是平常影象，

偶然涌到梦中来，

变幻出多少新奇花样！

都是平常情感，

都是平常言语，

偶然碰着个诗人，

变幻出多少新奇诗句！

醉过才知酒浓，

爱过才知情重；——

你不能做我的诗，

正如我不能做你的梦。

多谢

胡适

多谢你能来，

慰我山中寂寞，

陪我看山看月，

过神仙生活，

匆匆离别便经年，

梦里总是相忆，

人道应该忘了，

我如何忘得了？

教我如何不想她

刘半农

天上飘着些微云，

地上吹着些微风。

啊！

微风吹动了我头发，

教我如何不想她？

月光恋爱着海洋，

海洋恋爱着月光。

啊！

这般蜜也似的银夜，

教我如何不想她？

水面落花慢慢流，

水底鱼儿慢慢游。

啊！

燕子你说些什么话？

教我如何不想她？

枯树在冷风里摇。

野火在暮色中烧。

啊！

西天还有些儿残霞，

教我如何不想她？

相 隔 一 层 纸

刘半农

屋子里拢着炉火，

老爷吩咐开窗买水果，

说"天气不冷火太热，

别任它烤坏了我。"

屋子外躺着一个叫化子，

咬紧了牙齿对着北风呼"要死"！

可怜屋外与屋里，

相隔只有一层薄纸。

雨

刘 半 农

这全是小蕙的话，我不过替她做个速记，替她连串一下便了。

妈！我今天要睡了——要靠着我的妈早些睡了。听！后面草地上，更没有半点声音；是我的小朋友们，都靠着他们的妈早些去睡了。

听！后面草地上，更没有半点声音；只是墨也似的黑！只是墨也似的黑！怕啊！野狗野猫在远远地叫，可不要来啊！只是那叮叮咚咚的雨，为什么还在那里叮叮咚咚的响？

妈！我要睡了！那不怕野狗野猫的雨，还在墨黑的草地上，叮叮咚咚的响。它为什么不回去呢？它为什么不靠着它的妈，早些睡呢？

　　妈！你为什么笑？你说它没有家么？——昨天不下雨的时候，草地上全是月光，它到那里去了呢？你说它没有妈么？——不是你前天说，天上的黑云，便是它的妈么？

　　妈！我要睡了！你就关上了窗，不要让雨来打湿了我们的床。你就把我的小雨衣借给雨，不要让雨打湿了雨的衣裳。

慈姑的盆

周作人

绿盆里种下几颗慈姑，

长出青青的小叶。

秋寒来了，叶都枯了，

只剩了一盆的水。

清冷的水里，荡漾着两三根

飘带似的暗绿的水草。

时常有可爱的黄雀

在落日里飞来，

蘸水悄悄地洗澡。

繁星（节选）

冰心

一二

人类呵！

相爱罢，

　我们都是长行的旅客，

向着同一的归宿。

一五九

母亲呵!

天上的风雨来了,

　　鸟儿躲到它的巢里;

心中的风雨来了,

　　我只躲到你的怀里。

春水（节选）

冰心

三三

墙角的花！

你孤芳自赏时，

　　天地便小了。

一四六

经验的花

　　结了智慧的果

智慧的果，

　　却包着烦恼的核！

纸 船

——寄 母 亲

冰 心

我从不肯妄弃了一张纸，

　　总是留着——留着，

叠成一只一只很小的船儿，

从舟上抛下在海里。

有的被天风吹卷到舟中的窗里，

　　有的被海浪打湿，沾在船头上。

我仍是不灰心的每天的叠着，

　　总希望有一只能流到我要它到的地方去。

母亲，倘若你梦中看见一只很小的白船儿，

　　不要惊讶它无端入梦。

这是你至爱的女儿含着泪叠的，

　　万水千山求它载着她的爱和悲哀归去。

断 章

卞之琳

你站在桥上看风景，

看风景的人在楼上看你。

明月装饰了你的窗子，

你装饰了别人的梦。

雨 巷

戴望舒

撑着油纸伞，独自
彷徨在悠长，悠长
又寂寥的雨巷，
我希望逢着
一个丁香一样地
结着愁怨的姑娘。

她是有
丁香一样的颜色，
丁香一样的芬芳，
丁香一样的忧愁，

在雨中哀怨，

哀怨又彷徨；

她彷徨在这寂寥的雨巷，

撑着油纸伞

像我一样，

像我一样地，

默默彳亍着，

冷漠，凄清，又惆怅。

她静默地走近

走近，又投出

太息一般的眼光，

她飘过

像梦一般地，

像梦一般地凄婉迷茫。

像梦中飘过

一枝丁香地，

我身旁飘过这女郎；

她静默地远了，远了，

到了颓圮的篱墙，

走尽这雨巷。

在雨的哀曲里，

消了她的颜色，

散了她的芬芳，

消散了，甚至她的

太息般的眼光，

丁香般的惆怅。

撑着油纸伞，独自

彷徨在悠长，悠长

又寂寥的雨巷，

我希望飘过

一个丁香一样地

结着愁怨的姑娘。

示长女

戴望舒

记得那些幸福的日子！

女儿，记在你幼小的心灵：

你童年点缀着海鸟的彩翎，

贝壳的珠色，潮汐的清音，

山岚的苍翠，繁花的绣锦，

和爱你的父母的温存。

我们曾有一个安乐的家，

环绕着淙淙的泉水声，

冬天曝着太阳，夏天笼着清荫，

白天有朋友，晚上有恬静，

岁月在窗外流，不来打搅

屋里终年长驻的欢欣，

如果人家窥见我们在灯下谈笑，

就会觉得单为了这也值得过一生。

我们曾有一个临海的园子，

它给我们滋养的番茄和金笋，

你爸爸读倦了书去垦地，

你妈妈在太阳阴里缝纫，

你呢，你在草地上追彩蝶，

然后在温柔的怀里寻温柔的梦境。

人人说我们最快活，

也许因为我们生活过得蠢，

也许因为你妈妈温柔又美丽，

也许因为你爸爸诗句最清新。

可是，女儿，这幸福是短暂的，

一霎时都被云锁烟埋；

你记得我们的小园临大海，

从那里你们一去就不再回来，

从此我对着那迢遥的天涯，

松树下常常徘徊到暮霭。

那些绚烂的日子，像彩蝶，

现在枉费你摸索追寻，

我仿佛看见你从这间房

到那间，用小手挥逐阴影，

然后，缅想着天外的父亲，

把疲倦的头搁在小小的绣枕。

可是，记着那些幸福的日子，

女儿，记在你幼小的心灵：

你爸爸仍旧会来，像往日，

守护你的梦，守护你的醒。

犹 大

阿垅

十二门徒中

明知犹大在。

暴虐

一海的水淹没不了一粒明珠呀，

叛卖

阴险的十字架杀害不了不朽的光呀。

革命是无可出卖的，

胜利是无可出卖的，

世界是无可出卖的，

历史是无可出卖的，

人之子一个人

是无可出卖的；

出卖了的是

一个卑贱而又卑贱的灵魂

那个犹大他自己。

但是

犹大是立在十二大门徒之中

偎依在上帝的袍袖阴影里

寄生在人之子的战斗呼吸里

等候在他自己底卑贱的命运里。

无 题

阿 垅

不要踏着露水——

因为有过人夜哭。……

哦，我底人啊，我记得极清楚，

在白鱼烛光里为你读过《雅歌》。

但是不要这样为我祷告，不要！

我无罪，我会赤裸着你这身体去见上帝。……

但是不要计算星和星间的空间吧

不要用光年；用万有引力，用相照的光。

要开做一枝白色花——

因为我要这样宣告，我们无罪，然后我们凋谢。

辑三

新月诗流：
你是人间的四月天

知识拓展：

　　闻一多先生在《诗的格律》中提出的"三美"，即"音乐美、绘画美、建筑美"，奠定了新格律诗派的理论基础。它在一定程度上克服并纠正了五四以来白话新诗过于松散、随意（散文化）等不足，对中国现代新诗的健康发展做出了特有的贡献。具体而言，"音乐美"强调"有音尺、有平仄，有韵脚"；"绘画美"强调词藻的选择要秾丽、鲜明，有色彩感；"建筑美"强调"有节的匀称，有句的均齐"。

　　徐志摩　原名章垿，字槱森，浙江嘉兴海宁硖石人，现代诗人、散文家，新月派代表诗人，代表作有《再别康桥》《翡冷翠的一夜》等。其在剑桥留学的两年深受西方教育的熏陶及欧美浪漫主义和唯美派诗人的影响，奠定了浪漫主义诗风。1923 年参与成立新月社。

　　林徽因　原名林徽音，出生于浙江杭州，毕业于宾夕法尼亚大学，中国近现代杰出的建筑师、诗人、作家，人民英雄纪念碑设计领导小组成员。主要文学作品有《你是人间四月天》《情愿》等。

　　朱湘　字子沅，出生于湖南沅陵，原籍安徽太湖，诗人、散文家、教育家。著有诗集《梦家诗集》《不开花的春》《铁马集》《在前线》《梦家诗存》及其他学术研究等多种专著，是后期新月派享有盛名的代表诗人和重要成员。

红 烛

闻一多

"蜡炬成灰泪始干。"

——李商隐

红烛啊!

这样红的烛!

诗人啊!

吐出你的心来比比,

可是一般颜色?

红烛啊!

是谁制的蜡——给你躯体?

是谁点的火——点着灵魂?

为何更须烧蜡成灰，

然后才放光出？

一误再误；

矛盾冲突！

红烛啊！

不误，不误！

原是要"烧"出你的光来——

这正是自然底方法。

红烛啊！

既制了，便烧着！

烧罢！烧罢！

烧破世人底梦，

烧沸世人底血——

也救出他们的灵魂，

也捣破他们的监狱！

红烛啊！

你心火发光之期，

正是泪流开始之日。

红烛啊!

匠人造了你,

原是为烧的。

既已烧着,

又何苦伤心流泪?

哦!我知道了!

是残风来侵你的光芒,

你烧得不稳时,

才着急得流泪!

红烛啊!

流罢!你怎能不流呢?

请将你的脂膏,

不息地流向人间,

培出慰藉底花儿,

结成快乐底果子!

红烛啊！

你流一滴泪，灰一分心。

灰心流泪你的果，

创造光明你的因。

红烛啊！

"莫问收获，但问耕耘。"

死 水

闻一多

这是一沟绝望的死水，

清风吹不起半点漪沦。

不如多扔些破铜烂铁，

爽性泼你的剩菜残羹。

也许铜的要绿成翡翠，

铁罐上锈出几瓣桃花；

再让油腻织一层罗绮，

霉菌给他蒸出些云霞。

让死水酵成一沟绿酒，

飘满了珍珠似的白沫；

小珠笑一声变成大珠，

又被偷酒的花蚁咬破。

那么一沟绝望的死水，

也就夸得上几分鲜明。

如果青蛙耐不住寂寞，

又算死水叫出了歌声。

这是一沟绝望的死水，

这里断不是美的所在，

不如让给丑恶来开垦，

看他造出个什么世界。

再别康桥

徐志摩

轻轻的我走了，

　　正如我轻轻的来；

我轻轻的招手，

　　作别西天的云彩。

那河畔的金柳，

　　是夕阳中的新娘；

波光里的艳影，

　　在我的心头荡漾。

软泥上的青荇，

油油的在水底招摇；
在康河的柔波里，
　我甘心做一条水草！

那榆荫下的一潭，
　不是清泉，是天上虹，
揉碎在浮藻间，
　沉淀着彩虹似的梦。

寻梦？撑一支长篙，
　向青草更青处漫溯，
满载一船星辉，
　在星辉斑斓里放歌。

但我不能放歌，
　悄悄是别离的笙箫；
夏虫也为我沉默，

沉默是今晚的康桥!

悄悄的我走了,

　　正如我悄悄的来;

我挥一挥衣袖,

　　不带走一片云彩。

沙扬娜拉

——赠日本女郎

徐志摩

最是那一低头的温柔，

　像一朵水莲花不胜凉风的娇羞，

道一声珍重，道一声珍重，

　那一声珍重里有蜜甜的忧愁——

　沙扬娜拉！

雪 花 的 快 乐

徐志摩

假如我是一朵雪花，

翩翩的在半空里潇洒，

　我一定认清我的方向——

　飞飏，飞飏，飞飏，——

这地面上有我的方向。

不去那冷漠的幽谷，

不去那凄清的山麓，

　也不上荒街去惆怅——

　飞飏，飞飏，飞飏，——

你看，我有我的方向！

在半空里娟娟的飞舞，

认明了那清幽的住处，

　等着她来花园里探望——

　飞飏，飞飏，飞飏，——

啊，她身上有朱砂梅的清香！

那时我凭藉我的身轻，

盈盈的，沾住了她的衣襟，

　贴近她柔波似的心胸——

　消溶，消溶，消溶——

溶入了她柔波似的心胸！

沪杭车中

徐志摩

匆匆匆！催催催！

一卷烟，一片山，几点云影，

一道水，一条桥，一支橹声，

一林松，一丛竹，红叶纷纷：

艳色的田野，艳色的秋景，

梦境似的分明，模糊，消隐，——

催催催！是车轮还是光阴？

催老了秋容，催老了人生！

云 游

徐 志 摩

那天你翩翩的在空际云游，

自在，轻盈，你本不想停留

在天的那方或地的那角，

你的愉快是无拦阻的逍遥。

你更不经意在卑微的地面

有一流涧水，虽则你的明艳

在过路时点染了他的空灵，

使他惊醒，将你的倩影抱紧。

他抱紧的只是绵密的忧愁，

因为美不能在风光中静止；

他要，你已飞度万重的山头，

去更阔大的湖海投射影子！

他在为你消瘦，那一涧流水，

在无能的盼望，盼望你飞回！

偶 然

徐 志 摩

我是天空里的一片云，
偶尔投影在你的波心——
　　你不必讶异，
　　更无须欢喜——
在转瞬间消灭了踪影。

你我相逢在黑夜的海上，
　　你有你的，我有我的，方向；
　　你记得也好，
最好你忘掉
在这交会时互放的光亮！

你是人间的四月天

——一句爱的赞颂

林徽因

我说你是人间的四月天；

笑响点亮了四面风；轻灵

在春的光艳中交舞着变。

你是四月早天里的云烟，

黄昏吹着风的软，星子在

无意中闪，细雨点洒在花前。

那轻，那娉婷，你是，鲜妍

百花的冠冕你戴着，你是

天真，庄严，你是夜夜的月圆。

雪化后那片鹅黄，你像；新鲜
初放芽的绿，你是；柔嫩喜悦
水光浮动着你梦期待中白莲。

你是一树一树的花开，是燕
在梁间呢喃，——你是爱，是暖，
是希望，你是人间的四月天！

情 愿

林徽因

我情愿化成一片落叶，

让风吹雨打到处飘零；

或流云一朵，在澄蓝天，

和大地再没有些牵连。

但抱紧那伤心的标帜，

去触遇没着落的怅惘；

在黄昏，夜半，蹑着脚走，

全是空虚，再莫有温柔；

忘掉曾有这世界；有你；

哀悼谁又曾有过爱恋；

落花似的落尽，忘了去

这些个泪点里的情绪。

到那天一切都不存留，

比一闪光，一息风更少

痕迹，你也要忘掉了我

曾经在这世界里活过。

别 丢 掉

林徽因

别丢掉

这一把过往的热情，

现在流水似的，

轻轻

在幽冷的山泉底，

在黑夜，在松林，

叹息似的渺茫，

你仍要保存着那真！

一样是月明，

一样是隔山灯火，

满天的星，

只使人不见，

梦似的挂起，

你问黑夜要回

那一句话——你仍得相信

山谷中留着

有那回音！

深夜里听到乐声

林徽因

这一定又是你的手指，

轻弹着，

在这深夜，稠密的悲思；

我不禁颊边泛上了红，

静听着，

这深夜里弦子的生动。

一声听从我心底穿过，

忒凄凉

我懂得，但我怎能应和？

生命早描定她的式样，

太薄弱

是人们的美丽的想象。

除非在梦里有这么一天，

你和我

同来攀动那根希望的弦。

记忆

林徽因

断续的曲子，最美或最温柔的

夜，带着一天的星。

记忆上的梗上，谁不有

两三朵娉婷，披着情绪的花

无名的展开

野荷的香馥，

每一瓣静处的月明。

湖上风吹过，额发乱了，或是

水面皱起像鱼鳞的锦。

四面里的辽阔，如同梦

荡漾在中心彷徨的过往

不着痕迹，谁都

认识那图画，

沉在水底记忆的倒影！

深 笑

林徽因

是谁笑得那样甜，那样深，

那样圆转？一串一串明珠

大小闪着光亮，迸出天真！

清泉底浮动，泛流到水面上，

　　灿烂，

分散！

是谁笑得好花儿开了一朵？

那样轻盈，不惊起谁。

细香无意中，随着风过，

拂在短墙，丝丝在斜阳前

挂着

留恋。

是谁笑成这百层塔高耸，

让不知名鸟雀来盘旋？是谁

笑成这万千个风铃的转动，

从每一层琉璃的檐边

　　摇上

云天？

葬 我

朱 湘

葬我在荷花池内，

耳边有水蚓拖声，

在绿荷叶的灯上

萤火虫时暗时明——

葬我在马缨花下，

永做芬芳的梦——

葬我在泰山之巅，

风声呜咽过孤松——

不然，就烧我成灰，

投入泛滥的春江，

与落花一同漂去，

无人知道的地方。

一 朵 野 花

陈 梦 家

一朵野花在荒原里开了又落了，

不想这小生命，向着太阳发笑，

上帝给他的聪明他自己知道，

他的欢喜，他的诗，在风前轻摇。

一朵野花在荒原里开了又落了，

他看见青天，看不见自己的渺小，

听惯风的温柔，听惯风的怒号，

就连他自己的梦也容易忘掉。

雁子

陈梦家

我爱秋天的雁子，

终夜不知疲倦；

（像是嘱咐，像是答应）

一边叫，一边飞远。

从来不问他的歌，

留在哪片云上？

只管唱过，只管飞扬，

黑的天，轻的翅膀。

我情愿是只雁子，

一切都使忘记——

当我提起，当我想到；

不是恨，不是欢喜。

辑四

朦胧诗派：
黑夜给了我黑色的眼睛，
我却用它寻找光明

知识拓展:

　　"朦胧诗"又称新潮诗歌,是新诗潮诗歌运动的产物。因其在艺术形式上多用总体象征的手法,具有不透明性和多义性,所以被称作"朦胧诗"。这一诗派的诗人在创作时注重自我表现,使诗中的"自我"不再是集体的代名词,而是一个人,一个有思想、有情感、有尊严的人。在语言上,他们讲究精炼、暗示、含蓄,讲究意象的经营。即使是理性的思考、观念的传达,也能借意象的运用实现。

代表人物：

北岛　原名赵振开（“北岛”是诗人芒克给他取的笔名），
出生于北京，当代诗人，朦胧诗代表人物。主要作品有《北岛
诗歌集》《太阳城札记》《失败之书》《波动》等。曾先后获
诺贝尔文学奖提名、瑞典笔会文学奖、美国西部笔会中心自由
写作奖、古根海姆奖等。

顾城　生于北京，当代诗人，中国朦胧诗派的重要代表，
被称为当代的“唯灵浪漫主义”诗人。其在新诗、旧体诗等方
面都有很高的造诣，《一代人》中的一句“黑夜给了我黑色的
眼睛，我却用它寻找光明”是中国新诗的经典名句。

舒婷　原名龚佩瑜，出生于福建，当代诗人，朦胧诗派的
代表人物。其擅长于自我情感律动的内省、在把捉复杂细致的
情感体验方面特别表现出女性独有的敏感，其代表作品有《致
橡树》《这也是一切》等。

一代人

顾 城

黑夜给了我黑色的眼睛

我却用它寻找光明

远和近

顾城

你，
一会看我
一会看云。

我觉得
你看我时很远，
你看云时很近。

小 巷

顾 城

小巷

又弯又长

没有门

没有窗

你拿把旧钥匙

敲着厚厚的墙

回 答

北 岛

卑鄙是卑鄙者的通行证，

高尚是高尚者的墓志铭。

看吧，在镀金的天空中，

飘满了死者弯曲的倒影。

冰川纪已过去了，

为什么到处都是冰凌？

好望角发现了，

为什么死海里千帆相竞？

我来到这个世界上，

只带着纸、绳索和身影。

为了在审判之前，

宣读那些被判决的声音：

告诉你吧，世界，

我——不——相——信！

如果你脚下有一千名挑战者，

那就把我算作第一千零一名。

我不相信天是蓝的；

我不相信雷的回声；

我不相信梦是假的；

我不相信死无报应。

如果海洋注定要决堤，

就让所有苦水都注入我心中；

如果陆地注定要上升，

就让人类重新选择生存的峰顶。

新的转机和闪闪的星斗，

正在缀满没有遮拦的天空。

那是五千年的象形文字，

那是未来人们凝视的眼睛。

一 切

北 岛

一切都是命运

一切都是烟云

一切都是没有结局的开始

一切都是稍纵即逝的追寻

一切欢乐都没有微笑

一切苦难都没有泪痕

一切语言都是重复

一切交往都是初逢

一切爱情都在心里

一切往事都在梦中

一切希望都带着注释

一切信仰都带着呻吟

一切爆发都有片刻的宁静

一切死亡都有冗长的回声

面朝大海，春暖花开

海子

从明天起，做一个幸福的人

喂马，劈柴，周游世界

从明天起，关心粮食和蔬菜

我有一所房子，面朝大海，春暖花开

从明天起，和每一个亲人通信

告诉他们我的幸福

那幸福的闪电告诉我的

我将告诉每一个人

给每一条河每一座山取一个温暖的名字

陌生人，我也为你祝福

愿你有一个灿烂的前程

愿你有情人终成眷属

愿你在尘世获得幸福

我只愿面朝大海，春暖花开

致橡树

舒婷

我如果爱你——

绝不像攀援的凌霄花

借你的高枝炫耀自己；

我如果爱你——

绝不学痴情的鸟儿

为绿荫重复单调的歌曲；

也不止像泉源

长年送来清凉的慰藉；

也不止像险峰

增加你的高度，衬托你的威仪。

甚至日光，

甚至春雨。

不，这些都还不够！

我必须是你近旁的一株木棉，

作为树的形象和你站在一起。

根，紧握在地下，

叶，相触在云里。

每一阵风过，

我们都互相致意，

但没有人

听得懂我们的言语。

你有你的铜枝铁干，

像刀，像剑，

也像戟；

我有我的红硕花朵，

像沉重的叹息，

又像英勇的火炬。

我们分担寒潮、风雷、霹雳；

我们共享雾霭、云霞、虹霓。

仿佛永远分离，

却又终生相依。

这才是伟大的爱情，

坚贞就在这里：

不仅爱你伟岸的身躯，

也爱你坚持的位置，足下的土地！

祖国啊，我亲爱的祖国

舒婷

我是你河边上破旧的老水车，

数百年来纺着疲惫的歌；

我是你额上熏黑的矿灯，

照你在历史的隧洞里蜗行摸索；

我是干瘪的稻穗，是失修的路基；

是淤滩上的驳船

把纤绳深深

　　勒进你的肩膊；

——祖国啊！

我是贫穷，

我是悲哀。

我是你祖祖辈辈

　　痛哭的希望呵，

是"飞天"袖间

千百年来未落到地面的花朵；

——祖国啊！

我是你簇新的理想

刚从神话的蛛网里挣脱；

我是你雪被下古莲的胚芽；

我是你挂着眼泪的笑涡；

我是新刷出的雪白的起跑线；

是绯红的黎明

　　正在喷薄；

——祖国啊！

我是你的十亿分之一，

是你九百六十万平方的总和；

你以伤痕累累的乳房

喂养了

迷惘的我、深思的我、沸腾的我；

那就从我的血肉之躯上

去取得

你的富饶、你的荣光、你的自由；

——祖国啊，

我亲爱的祖国！

这也是一切

——答一位青年朋友的《一切》

舒婷

不是一切大树，

都被暴风折断；

不是一切种子，

都找不到生根的土壤；

不是一切真情，

都流失在人心的沙漠里；

不是一切梦想，

都甘愿被折掉翅膀。

不，不是一切

都像你说的那样！

不是一切火焰，

都只燃烧自己

而不把别人照亮；

不是一切星星，

都仅指示黑暗

而不报告曙光；

不是一切歌声，

都只掠过耳旁

而不留在心上。

不，不是一切

都像你说的那样！

不是一切呼吁都没有回响；

不是一切损失都无法补偿；

不是一切深渊都是灭亡；

不是一切灭亡都覆盖在弱者头上；

不是一切心灵

都可以踩在脚下，烂在泥里；

不是一切后果

都是眼泪血印，而不展现欢容。

一切的现在都孕育着未来，

未来的一切都生长于它的昨天。

希望，而且为它斗争，

请把这一切放在你的肩上。

辑五

生命之歌:
有的人死了，他还活着

切斯瓦夫·米沃什说,诗歌创作"最好的成绩都是由那些直接与生命建立联系而不是与书写文字建立联系的人取得"。赞颂生命之美的诗歌通过其朴实的语言、强韧的力量、深沉隽永的情感,加深了我们对生命本质的思考。

代表人物：

穆旦 原名查良铮，现代诗人、翻译家，九叶诗派成员之一，祖籍浙江省海宁市袁花镇，出生于天津，毕业于美国芝加哥大学。穆旦六岁即发表习作，青年开始诗歌创作，之后一直寄情于现代诗，其代表作有《赞美》《冬》等。

汪国真 出生于北京，毕业于暨南大学中文系，当代诗人、书画家。1984年发表第一首比较有影响的诗《我微笑着走向生活》，次年一首打油诗《学校一天》刊登在《中国青年报》上，后任《中国文艺年鉴》编辑部副主任，中华书画名家研究院顾问。代表作有《热爱生命》《山高路远》等。

余光中 祖籍福建永春，出生于南京，毕业于爱荷华大学，当代著名作家、诗人、学者、翻译家，被誉为文坛的"璀璨五彩笔"。其诗作如《乡愁》《乡愁四韵》等，广泛收录于华文教材。

我 看

穆旦

我看一阵向晚的春风
悄悄揉过丰润的青草，
我看它们低首又低首，
也许远水荡起了一片绿潮；

我看飞鸟平展着翅翼
静静吸入深远的晴空里，
我看流云慢慢地红晕
无意沉醉了凝望它的大地。

哦，逝去的多少欢乐和忧戚，

我枉然在你的心胸里描画！

哦！多少年来你丰润的生命

永在寂静的谐奏里勃发。

也许远古的哲人怀着热望，

曾向你舒出咏赞的叹息，

如今却只见他生命的静流

随着季节的起伏而飘逸。

去吧，去吧，哦生命的飞奔，

叫天风挽你坦荡地漫游，

像鸟的歌唱，云的流盼，树的摇曳；

哦，让我的呼吸与自然合流！

让欢笑和哀愁洒向我心里，

像季节燃起花朵又把它吹熄。

赞 美

穆 旦

走不尽的山峦的起伏，河流和草原，

数不尽的密密的村庄，鸡鸣和狗吠，

接连在原是荒凉的亚洲的土地上，

在野草的茫茫中呼啸着干燥的风，

在低压的暗云下唱着单调的东流的水，

在忧郁的森林里有无数埋藏的年代。

它们静静地和我拥抱：

说不尽的灾难，沉默的

是爱情，是在天空飞翔的鹰群，

是干枯的眼睛期待着泉涌的热泪，

当不移的灰色的行列在遥远的天际爬行；

我有太多的话语，太悠久的感情，

我要以荒凉的沙漠，坎坷的小路，骡子车，

我要以槽子船，漫山的野花，阴雨的天气，

我要以一切拥抱你，你，

我到处看见的人民呵，

在耻辱里生活的人民，佝偻的人民，

我要以带血的手和你们一一拥抱。

因为一个民族已经起来。

一个农夫，他粗糙的身躯移动在田野中，

他是一个女人的孩子，许多孩子的父亲，

多少朝代在他的身边升起又降落了

而把希望和失望压在他身上，

而他永远无言地跟在犁后旋转，

翻起同样的泥土溶解过他祖先的，

是同样的受难的形象凝固在路旁。

在大路上多少次愉快的歌声流过去了，

多少次跟来的是临到他的忧患；

在大路上人们演说，叫嚣，欢快，

然而他没有，他只放下了古代的锄头，

再一次相信名词，溶进了大众的爱，

坚定地，他看着自己溶进死亡里，

而这样的路是无限的悠长的

而他是不能够流泪的，

他没有流泪，因为一个民族已经起来。

在群山的包围里，在蔚蓝的天空下，

在春天和秋天经过他家园的时候，

在幽深的谷里隐着最含蓄的悲哀：

一个老妇期待着孩子，许多孩子期待着

饥饿，而又在饥饿里忍耐，

在路旁仍是那聚集着黑暗的茅屋，

一样的是不可知的恐惧，一样的是

大自然中那侵蚀着生活的泥土，

而他走去了从不回头诅咒。

为了他我要拥抱每一个人，

为了他我失去了拥抱的安慰，

因为他，我们是不能给以幸福的，

痛哭吧，让我们在他的身上痛哭吧，

因为一个民族已经起来。

一样的是这悠久的年代的风，

一样的是从这倾圮的屋檐下散开的

无尽的呻吟和寒冷，

它歌唱在一片枯槁的树顶上，

它吹过了荒芜的沼泽，芦苇和虫鸣，

一样的是这飞过的乌鸦的声音

当我走过，站在路上踟蹰，

我踟蹰着为了多年屈辱的历史

仍在这广大的山河中等待，

等待着，我们无言的痛苦是太多了，

然而一个民族已经起来，

然而一个民族已经起来。

金 黄 的 稻 束

郑 敏

金黄的稻束站在

割过的秋天的田里，

我想起无数个疲倦的母亲，

黄昏路上我看见那皱了的美丽的脸，

收获日的满月在

高耸的树巅上，

暮色里，远山

围着我们的心边，

没有一个雕像能比这更静默。

肩荷着那伟大的疲倦，你们

在这伸向远远的一片

秋天的田里低首沉思，

静默。静默。历史也不过是

脚下一条流去的小河，

而你们，站在那儿，

将成为人类的一个思想。

热 爱 生 命

汪 国 真

我不去想是否能够成功

既然选择了远方

便只顾风雨兼程

我不去想能否赢得爱情

既然钟情于玫瑰

就勇敢地吐露真诚

我不去想身后会不会袭来寒风冷雨

既然目标是地平线

留给世界的只能是背影

我不去想未来是平坦还是泥泞

只要热爱生命

一切，都在意料之中

山高路远

汪国真

呼喊是爆发的沉默

沉默是无声的召唤

不论激越

还是宁静

我祈求

只要不是平淡

如果远方呼喊我

我就走向远方

如果大山召唤我

我就走向大山

双脚磨破

干脆再让夕阳涂抹小路

双手划烂

索性就让荆棘变成杜鹃

没有比脚更长的路

没有比人更高的山

老马

臧克家

总得叫大车装个够，

它横竖不说一句话，

背上的压力往肉里扣，

它把头沉重的垂下！

这刻不知道下刻的命，

它有泪只往心里咽，

眼里飘来一道鞭影，

它抬起头望望前面。

有的人

——纪念鲁迅有感

臧克家

有的人活着，

他已经死了；

有的人死了

他还活着。

有的人

骑在人民头上："呵，我多伟大！"

有的人

俯下身子给人民当牛马。

有的人

把名字刻入石头想"不朽";

有的人

情愿作野草，等着地下的火烧。

有的人

他活着别人就不能活；

有的人

他活着为了多数人更好地活。

骑在人民头上的，

人民把他摔垮；

给人民作牛马的，

人民永远记住他！

把名字刻入石头的，

名字比尸首烂得更早；

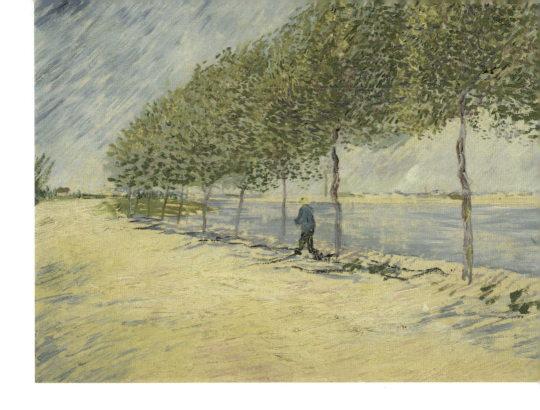

只要春风吹到的地方，

到处是青青的野草。

他活着别人就不能活的人，

他的下场可以看到；

他活着为了多数人更好地活着的人，

群众把他抬举得很高，很高。

寻李白

——痛饮狂歌空度日 飞扬跋扈为谁雄

余光中

那一双傲慢的靴子至今还落在

高力士羞愤的手里，人却不见了

把满地的难民和伤兵

把胡马和羌马交践的节奏

留给杜二去细细的苦吟

自从那年贺知章眼花了

认你做谪仙，便更加佯狂

用一只中了魔咒的小酒壶

把自己藏起，连太太都寻不到你

怨长安城小而壶中天长

在所有的诗里你都预言

会突然水遁，或许就在明天

只扁舟破浪，乱发当风

——而今，果然你失了踪

树敌如林，世人皆欲杀

肝硬化怎杀得死你？

酒入豪肠，七分酿成了月光

余下的三分啸成剑气

绣口一吐就半个盛唐

从开元到天宝，从洛阳到咸阳

冠盖满途车骑的嚣闹

不及千年后你的一首

水晶绝句轻叩我额头

当地一弹挑起的回音

一贬世上已经够落魄

再放夜郎毋乃太难堪

至今成谜是你的籍贯

陇西或山东，青莲乡或碎叶城

不如归去归哪个故乡？

凡你醉处，你说过，皆非他乡

失踪，是天才唯一的下场

身后事，究竟你遁向何处？

猿啼不住，杜二也苦劝你不住

一回头囚窗下竟已白头

七仙，五友，都救不了你了

匡山给雾锁了，无路可入

仍炉火未纯青，就半粒丹砂

怎追蹑葛洪袖里的流霞？

樽中月影，或许那才是你故乡

常得你一生痴痴地仰望？

而无论出门向西笑，向西哭

长安都早已陷落

这二十四万里的归程

也不必惊动大鹏了，也无须招鹤

只消把酒杯向半空一扔

便旋成一只霍霍的飞碟

诡绿的闪光愈转愈快

接你回传说里去

乡 愁

余 光 中

小时候，

乡愁是一枚小小的邮票，

我在这头，

母亲在那头。

长大后，

乡愁是一张窄窄的船票，

我在这头，

新娘在那头。

后来啊，

乡愁是一方矮矮的坟墓，

我在外头，

母亲在里头。

而现在，

乡愁是一湾浅浅的海峡，

我在这头，

大陆在那头。

母难日三题

今生今世

余光中

今生今世

我最忘情的哭声有两次

一次，在我生命的开始

一次，在你生命的告终

第一次，我不会记得，是听你说的

第二次，你不会晓得，我说也没用

但两次哭声的中间啊

有无穷无尽的笑声

一遍一遍又一遍

回荡了整整三十年

你都晓得，我都记得

"成长读书课"分级阅读书目

写人记事　回忆散文

鲁　迅	《朝花夕拾》	七年级上
鲁　迅	《故乡》	八年级下
茅　盾	《林家铺子·白杨礼赞》	七年级下
萧　红	《呼兰河传》	五年级下
林海音	《城南旧事》	七年级上
老　舍	《骆驼祥子·猫》	七年级下
沈从文	《湘行散记　新湘行记》	七年级上
朱光潜	《给青年的十二封信》	八年级下

状物写景　人生美文

朱自清	《荷塘月色·背影》	八年级上
冰　心	《繁星·春水》	七年级上
冰　心	《寄小读者》	三年级下
宗　璞	《紫藤萝瀑布》	七年级下
赵丽宏	《童年的河》	五　年　级
丁立梅	《小扇轻摇的时光》	九　年　级
艾　青	《艾青诗精选：黎明的通知》	九年级上
徐志摩、海子等	《希望·一代人：现当代新诗选》	九年级上

想象联想　经典童话

叶圣陶	《稻草人》	三年级上
管　桦	《小英雄雨来》	六年级上
洪汛涛	《神笔马良》	二年级下
张天翼	《宝葫芦的秘密》	四年级下

张天翼	《大林和小林》	二 年 级
埃·奥·卜劳恩	《父与子》	六 年 级
泰戈尔	《愿望的实现》	二年级下
瓦·卡达耶夫等	《七色花》	二年级下

拟人象征　名家童话

严文井	《"歪脑袋"木头桩》	二年级上
陈伯吹	《一只想飞的猫》	二年级上
孙幼军	《小狗的小房子》	二年级上
金　近	《小鲤鱼跳龙门》	二年级上
冰　波	《大象的耳朵》	二年级下
冰　波	《蓝鲸的眼睛》	二年级下
汤素兰	《开满蒲公英的地方》	三年级上
王一梅	《书本里的蚂蚁》	三年级上

学生生活　校园文学

林焕彰	《不睡觉的小雨点》	一年级上
黄蓓佳	《今天我是升旗手》	六年级下
黄蓓佳	《我要做好孩子》	六年级下
冰　心、金　波等	《和大人一起读诗》	二 年 级

名人故事　人物传记

玛丽·居里	《居里夫人自传》	八年级上
海伦·凯勒	《假如给我三天光明》	七年级上
茨威格	《人类群星闪耀时》	七年级下
罗曼·罗兰	《名人传》	八年级下